ÉLECTRICITÉ

CONFÉRENCE

SUR

LES LAMPES A INCANDESCENCE

du type CRUTO

faite à la

SOCIÉTÉ INTERNATIONALE DES ÉLECTRICIENS

PAR

M. Ed. DESROZIERS

Ingénieur civil des Mines

LILLE

IMPRIMERIE LEFEBVRE-DUCROCQ

Rue de Tournai, 88

—

1885

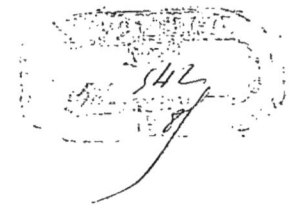

ÉLECTRICITÉ

CONFÉRENCE

SUR

LES LAMPES A INCANDESCENCE

du type CRUTO

faite à la

SOCIÉTÉ INTERNATIONALE DES ÉLECTRICIENS

PAR

M. Ed. DESROZIERS

Ingénieur civil des Mines

LILLE

IMPRIMERIE LEFEBVRE-DUCROCQ

Rue de Tournai, 88

1885

CONFÉRENCE

SUR

LES LAMPES A INCANDESCENCE

du type CRUTO

faite à la

SOCIÉTÉ INTERNATIONALE DES ÉLECTRICIENS

PAR

M. Ed. DESROZIERS

Ingénieur civil des Mines

Dans tout système d'éclairage électrique par lampe à incandescence, on peut distinguer trois classes d'appareils bien différents concourant chacun pour leur part au résultat final :

D'un côté, les générateurs, transformateurs et régulateurs divers ; d'un autre, les conducteurs ; et enfin, les lampes à incandescence, qui sont les récepteurs de ce cycle de transformation d'énergie et constituent le laboratoire d'où jaillit finalement la lumière.

Au point de vue économique et industriel, les deux premières classes d'appareil ont reçu, dans ces dernières années, notamment depuis quatre ans, un certain nombre de perfectionnements sérieux, portant à la fois sur l'emploi plus judicieux des matières et sur la diminution des prix commerciaux.

Les bons générateurs électriques à courant continu, par exemple, sont tombés, à 200^{fr} environ par cheval électrique disponible en circuit extérieur, avec une perte qui peut ne pas dépasser 20 à 25 pour 100 dans les transmissions et dans le générateur lui-même.

Les conducteurs de leur côté, avec des isolements très suffisants, coûtent maintenant 5 à 6ᶠʳ par kilogramme de cuivre nu utilisé. C'est un prix moitié moindre que ceux de 1881.

Il est hors de doute que ces progrès vont encore s'accentuer : d'abord, parce que le cuivre, qui constitue un des éléments importants de ces appareils, baisse d'une façon pour ainsi dire continue depuis quinze ans, et qu'on le travaille de jour en jour beaucoup mieux ; ensuite, et c'est même la raison dominante, parce que, pour ces deux classes d'appareils, le but économique et industriel peut être nettement précisé, ainsi que les voies et moyens à employer pour l'atteindre.

Jusqu'ici, il n'en a pas été de même pour la troisième classe d'appareils, c'est-à-dire pour les lampes à incandescence.

Et pourtant, la lampe à incandescence est évidemment la clef de l'éclairage électrique. Plus on pénètre avant dans l'étude de ces appareils, plus cette idée s'impose à l'esprit.

C'est qu'en effet chaque petit progrès réalisé sur les lampes réduit, dans une sensible proportion, l'emploi coûteux des deux autres facteurs de l'éclairage, et a, tant sur la diminution du capital de premier établissement que sur le prix de revient, une action bien autrement considérable que des perfectionnements, même importants réalisés, sur les deux autres classes d'appareils.

Certes, le but à obtenir est facile à indiquer : il s'agit simplement de trouver des filaments exigeant peu d'énergie pour une intensité lumineuse donnée, tout en résistant mécaniquement à l'action désorganisante du courant pendant un temps assez long pour permettre un amortissement peu coûteux de la lampe.

Mais les voies et moyens pour arriver méthodiquement, c'est-à-dire sûrement, à ce résultat si désirable, ne sont pas, eux, aussi faciles à préciser.

La comparaison complète de toutes les lampes à incandescence qui ont vu le jour depuis 1880 serait cependant certainement très instructive. Il y a même lieu de penser qu'elle serait féconde en améliorations importantes.

Malheureusement, quoique les études publiées à ce sujet aient été souvent fort remarquables, les éléments de cette comparaison faisaient grandement défaut, faute de lois simples permettant de relier ces lampes entre elles.

On en a donc été un peu réduit à compter sur des hasards heureux ou, si l'on veut, sur l'instinct génial des inventeurs.

Or, une étude méthodique de la lampe Cruto, que nous avons dû faire récemment, pour arriver à résoudre pratiquement les nombreux et complexes problèmes que suscite à l'ingénieur l'emploi d'une lampe à incandescence d'un type donné dans les conditions essentiellement diverses de l'application, nous a permis de constater sur ces lampes une série de relations simples qui paraissent s'appliquer à un certain nombre d'autres appareils similaires, sinon à tous.

Ces relations permettront-elles cette comparaison complète, si désirable, des lampes entre elles ? Il est impossible de l'affirmer, en l'état présent de la question. Mais cependant la probabilité seule d'un pareil résultat est assez importante, dans ces conséquences, pour jeter un peu d'intérêt sur une étude aussi aride que l'est celle d'une lampe à incandescence.

Une étude de ce genre a, en effet, pour ainsi dire forcément, un caractère industriel. Elle est tout en chiffres, et les chiffres, quoique scientifiquement acceptables, ne peuvent prétendre à la rigueur absolue dans le sens rigoureux et scientifique du mot.

De plus, les lacunes sont de règle, en raison des dépenses de temps et d'argent que nécessitent ces recherches.

Quoi qu'il en soit, la lampe Cruto, qui a déjà été présentée en quelques endroits, qu'on a pu voir fonctionner à quelques Expositions, notamment à celle de Turin et à celle de l'Observatoire, est surtout remarquable par le mode de fabrication de son filament.

On peut obtenir à volonté le filament bien homogène à des longueurs et à des grosseurs quelconques.

Cette méthode de fabrication est, en résumé, la suivante :

Un fil de platine Wollaston de $\frac{1}{100}$ de millimètre de diamètre environ, coupé à longueur, est saisi à ses deux extrémités par deux pinces métalliques isolées l'une de l'autre et montées sur un support *ad hoc*.

Ainsi suspendu et fixé, le fil de platine est enfermé dans une ampoule, à circulation lente, de bicarbure d'hydrogène sensiblement pur et exempt d'air.

On lance un courant convenable dans le fil de platine qui décompose le bicarbure d'hydrogène, se combine d'abord avec le carbone et l'hydrogène et forme un carbure de platine hydruré. Le rôle de l'hydrogène, dans ces premières décompositions, est peut-être même prépondérant, étant données les affinités bien connues du platine pour ce corps.

Ce premier carbure de platine hydruré décompose à son tour le bicarbure d'hydrogène et se combine avec le carbone. Par des décompositions et recompositions successives de ce genre, il se forme ainsi une série de gaines de composition de plus en plus constante, si l'on prend quelques soins de fabrication.

Au bout de très peu de temps, le filament peut être considéré comme homogène. Le filament de $\frac{15}{100}$ de diamètre, par exemple, peut être considéré comme tel, sauf une très petite colonne centrale, où la composition chimique moléculaire varie suivant sa distance à l'axe du filament.

Grâce à un système ingénieux de vérifications électriques, faciles à faire en plein cours de travail, on peut arrêter la fabrication au moment précis où le charbon a le diamètre désiré.

Une fois terminé, le filament est fixé par une soudure charbonneuse spéciale sur des supports de platine. Cette soudure est obtenue, comme le filament, par la décomposition du bicarbure d'hydrogène, ce qui rend la soudure excellente à de nombreux points de vue.

Les supports sont alors scellés dans une ampoule qui, préparée en conséquence, est placée sur les pompes.

Une fois un vide suffisant obtenu, le courant est lancé dans le filament, d'abord faible, puis plus intense. Au bout d'un certain temps, le filament est terminé : on ferme la lampe et on la termine elle-même (*Voir*, pour les détails et dessins, la *Lumière électrique*, t. XV, n° 3, p. 117.)

Suivant certains auteurs, le courant envoyé dans le filament sur les pompes est suffisant pour volatiliser le platine, et il resterait simplement un tube de carbone.

Certaines personnes en ont même conclu à un défaut grave de la lampe Cruto.

Ces explications sont, comme bien d'autres, quelque peu fantaisistes. Si l'on casse des filaments et qu'on examine leur section au microscope sous des grossissements de 40 diamètres, on ne peut voir le moindre trou ; la matière est au contraire absolument continue et a l'aspect uni d'une cassure de silex. Le microscope permet aussi de constater la formation du charbon en gaines successives. Certains charbons, en effet, se cassent non seulement suivant une sorte de section droite, mais encore en même temps suivant des plans méridiens, et les gaines successives s'exfolient à partir des lignes de cassures, quelquefois même sur près de la moitié de la surface.

Puisque nous avons le microscope en mains, le microscope permet encore de préjuger certaines qualités constitutives du filament Cruto.

Dans le champ de cet appareil, sa surface reste en effet remarquablement métallique et brillante ; le grain est d'une régularité presque absolue, ainsi que les dimensions mêmes du filament.

Les autres filaments sont loin de présenter cet aspect. Ainsi le filament Maxim, par exemple, a la forme d'une sorte de feutrage de fibrilles de coke assez terne. Le filament Swan (ancienne fabrication), assez régulier d'ensemble, est fibreux dans le sens de l'axe et légèrement mamelonné. Les parcelles de coke brillant qui adhèrent aux côtes accusent plus fortement le mat de la fibre. Le charbon Woodhouse, essentiellement métallique et brillant à l'œil nu, est, sous le microscope, absolument mat et formé de pointillements électrolytiques à la surface. Le charbon Gérard se présente sous la forme d'une sorte de jais peu brillant, concrétionné et mamelonné absolument comme de l'hématite de fer.

Cette régularité du charbon Cruto explique, en partie du moins, sa remarquable tenue à des allures de débit énorme. Son aspect métallique est peut-être aussi la raison d'être d'une de ses qualités dominantes, son pouvoir émissif lumineux relativement très considérable.

Quoi qu'il en soit de ces détails, comme la caractéristique de la fabrication de ce filament est la possibilité d'obtenir industriellement des filaments de longueur et diamètre déterminés et variables à volonté, il y avait lieu, pour profiter de tous les avantages de ce charbon, de rechercher les meilleures dimensions à lui donner dans les divers cas de la pratique.

Sans entrer, pour le moment, dans le détail du problème analytique, ces dimensions pour un type de foyer donné dépendent évidemment :

1° De la dépense dynamique en force motrice, basée à la fois sur le prix du kilomètre utilisable, sur le nombre de watts nécessaires par candle et sur la perte en circuit ;

2° De l'importance relative de l'intérêt et de l'amortissement du matériel moteur et générateur. Cette dépense dépend évidemment et du prix du capital nécessaire par cheval utilisable et du nombre de watts par candle et de la perte en circuit ;

3° De l'intérêt et de l'amortissement du matériel conducteur, qui dépend évidemment et du volt des lampes et de la perte en circuit et du nombre de watts par candle ;

4° Enfin du prix par heure de la lampe basé, lui, sur le seul coût de la lampe et sur sa durée.

Il importait, par suite, de bien connaître trois relations : l'une reliant l'intensité moyenne sphérique d'une lampe caractérisée par sa longueur et son diamètre ; l'autre reliant la différence potentielle aux bornes de cette même lampe, enfin celle qui relie la vie de cette lampe : 1° aux watts par seconde à fournir ; 2° à sa longueur ; 3° à son diamètre.

C'étaient toute une série de trois sortes de mesures à entreprendre : les unes géométriques pour la longueur et le diamètre, les autres photométriques pour les intensités lumineuses, enfin les autres électriques pour en tirer à la fois les watts, volts et ampères.

Voici la méthode que nous avons adoptée pour assurer au moins l'exactitude relative des mesures :

D'abord toutes les mesures géométriques de filament ont été prises aussi bien à leur entrée dans l'ampoule qu'à leur sortie. Un petit tour de main permettait en effet presque toujours d'éviter la casse du filament au moment du bris de l'ampoule.

Les mesures de longueur s'obtenaient très facilement ; quant aux mesures de diamètre, le petit appareil bien connu des praticiens, qui sert à mesurer la grosseur des fils électriques très fins, la donnait aussi très simplement à $\frac{1}{200}$ de millimètre près.

Les mesures photométriques ont été relativement concordantes, grâce surtout au choix de l'étalon.

Nous nous sommes servis d'une lampe Edison B de 5o volts et 8 candles, préalablement étalonnée pour une série de watts.

Cette lampe est très régulièrement fabriquée, elle a été souvent étudiée avec exactitude dans les laboratoires les mieux outillés au point de vue photométrique. Elle est, par suite, très connue à ce point de vue, et l'on peut la considérer comme un étalon très constant.

Quelle que fût la méthode de mesure adoptée, il suffisait alors de tarer électriquement à chaque essai cette lampe Edison B pour en déduire l'importance de la lumière étalon.

Notre instrument de mesure a été tout simplement un petit photomètre portatif de Sabine, instrument bien connu des praticiens.

On sait que ce petit instrument se place entre les deux foyers en essai ; il reçoit les rayons lumineux sur deux faces transparentes parallèles, séparées par deux glaces inclinées de 45° symétriquement sur ces deux plaques. Les rayons opposés, après la traversée des deux plaques transparentes, sont ainsi renvoyés parallèlement et reçus dans un oculaire à tirage où l'œil perçoit en même temps les deux impressions lumineuses.

La méthode de mesure s'en déduit immédiatement. La lampe en essai et la lampe Edison B étalon étaient placées à même hauteur aux deux extrémités d'une longue règle de 4^m divisée en centimètres, les plans de leurs filaments perpendiculaires à la direction de la règle. Le photomètre de Sabine se plaçait, à hauteur convenable, sur un petit chariot à glissière intermédiaire. Les lampes en marche et réglées aux intensités voulues, il suffisait de faire glisser le chariot sur la règle, jusqu'à ce que les deux impressions lumineuses fussent identiques.

L'inverse du carré des distances des filaments aux faces transparentes correspondantes donnait ainsi le rapport des intensités lumineuses des deux lampes dans des directions perpendiculaires aux plans de leurs filaments.

Au besoin, pour obtenir des lumières comparables, on poussait quelque peu la lampe Edison. Mais cette mesure était obtenue déjà avec assez de précision, en ayant soin de régler l'oculaire, de façon que les poussières des deux miroirs fussent également visibles avec un éclairage identique des deux faces.

L'ensemble de l'appareil était placé dans une chambre en bois oblongue, noircie et recouverte d'un voile noir.

Pour opérer en plein jour, il suffisait de tirer le voile noir en faisant passer l'oculaire du photomètre Sabine par une ouverture circulaire appropriée.

Un ensemble de résistances convenablement placées complétait l'appareil et permettait de pousser plus ou moins les lampes et, par suite, de les étudier.

Un simple jeu du commutateur permettait de prendre les mesures aussi bien sur la lampe étalon que sur la lampe en essai. Cette méthode est très expéditive et suffisamment sûre. L'installation du matériel est peu coûteuse. Il y a lieu certainement de la recommander pour les laboratoires d'atelier.

Tous les résultats ont été remarquablement concordants, dans des limites énormes, par exemple, celles de 4 à 5 candles à 1050 pour une même lampe.

C'est un point important à noter, étant données les limites *minima* 2 à 5 pour 100 d'erreurs photométriques, qu'il est difficile de dépasser.

Pour les mesures électriques, on s'est servi, autant que possible, toujours des mêmes instruments, des galvanomètres Carpentier appropriés, dont on vérifiait fréquemment la concordance sur des résistances bien mesurées au Thompson.

Quant à l'exactitude absolue des mesures en elles-mêmes, outre des vérifications par les procédés électriques habituels, on avait soin de vérifier fréquemment les instruments par des mesures photométriques et électriques sur des lampes à incandescence mises en réserve dans ce seul but.

Le degré de précision de toutes ces mesures est certainement comparable. On voudra bien admettre qu'elles sont plus que suffisantes pour le but que nous nous proposions.

Un mot encore sur les mesures photométriques. Toutes les mesures photométriques obtenues étaient celles d'une direction bien déterminée, celle perpendiculaire aux plans des filaments. Nous les avons transformées en intensités lumineuses moyennes sphériques, qui ont le grand avantage de représenter des intensités proportionnelles aux surfaces d'émission, indépendamment de la forme même du filament.

Pour arriver à ce résultat, nous nous sommes d'abord basés sur les coefficients de réduction correspondants trouvés par le Comité de Munich.

Ce sont, par exemple :

1,05 pour la lampe Edison B,
0.78 pour la lampe Cruto ordinaire.

Mais nous avons dû aussi faire une série de rectifications basées, elles, sur l'observation suivante :

Pour des filaments rectilignes de section circulaire, le coefficient de réduction pour la direction perpendiculaire au filament est constant et égal à 0,64.

En effet, d'après la loi de Lambert, pour une direction de rayons lumineux inclinés de l'angle α sur un plan perpendiculaire au filament et dans un méridien quelconque, l'intensité lumineuse envoyée est proportionnelle à $l \cos \alpha$, l étant la longueur du filament.

Pour un cadran méridien, la moyenne de l'intensité est, par suite,

$$\int_0^{\frac{\pi}{2}} \frac{l \cos \alpha \, d\alpha}{d} = l \times \frac{2}{\pi} = l \times 0.64.$$

Par raison de symétrie évidente, cette moyenne est la moyenne générale, et, comme l'intensité lumineuse perpendiculairement au filament est proportionnelle à l, le coefficient de réduction de l'intensité lumineuse dans cette direction, en intensité moyenne sphérique, est constant et égal à 0,64.

Les lampes à charbon droit brisé sont donc, à l'œil qui les regarde, plus avantageuses que toutes les autres, mais, en réalité, doivent subir, pour comparaison normale avec les autres, une réduction bien plus grande.

Étant donné ce fait, si les lampes en essai n'ont pas la longueur L de celles examinées par le Comité de Munich, il y a lieu de modifier les coefficients. Mais, comme ces lampes ne diffèrent entre elles que par une augmentation ou une diminution de la partie droite, le coefficient de réduction s'en déduit immédiatement. C'est

$$\frac{L \times 0,78 \times 1,05 = l \times 0,64 \times 1,05}{L = l},$$

en supposant l'étalon que nous avons adopté.

Ces corrections faites, voici les résultats obtenus :

D'abord, quel que fût le filament observé, en portant les watts W en abscisses et les intensités lumineuses A en ordonnées, *nous avons toujours obtenu des paraboles pour ainsi dire exactes de la forme.*

$$A = a\,W^2 + b\,W + c.$$

Les différences secondes étaient nettement constantes, et la loi s'est poursuivie à des allures extraordinaires, quoique fréquemment obtenues, et énormes de 2200 candles par cheval électrique utilisé dans la lampe. Couramment, on a obtenu 600 à 700 candles par lampe. Cette tenue remarquable de la lampe Cruto est une de ses caractéristiques. Elle laisse, sous ce rapport, bien loin derrière elle toutes les lampes connues.

Ces résultats se résument, par exemple, dans le tableau suivant, qui se rapporte à un filament de $\frac{39}{100}$ et de 140^{mm} de longueur :

| Watts. | Intensités lumineuses. | Différences | | Watts par candles. |
		premières.	secondes.	
460..........	910	232	34	0,506
400..........	678	198	35	0,59
340..........	480	163	33	0,71
280..........	317	130	30	0,88
220..........	187	100	32	1,18
160..........	87	68	»	1,84
100..........	19	»	»	5,25

Ce premier point bien établi, *si l'on compare des filaments de même longueur et de même diamètre, on n'obtient pas pour les mêmes intensités lumineuses des watts égaux, mais pour deux filaments ces watts sont constamment dans le même rapport*.

Watts par filaments				Intensité lumineuse commune.	Watts proportionnels des éléments			
α.	β.	γ.	δ.		α.	β.	γ.	δ.
330	340	373	432	480	0,972	1	1,095	1,274
272	280	307	356	317	0,97	1	1,097	1,272
214	220	241	283	187	0 97	1	1,095	1,273
155	160	176	203	87	0,968	1	1,10	1,27
97	100	110	127	19	0,97	1	1,10	1,27

C'est un résultat curieux, mais qui se comprend très bien quand on examine l'état physique des filaments. Les surfaces sont notamment très différentes ; celles des meilleurs charbons sont brillantes et métalliques, celles des plus mauvais sont noires comme les charbons ordinaires, les autres ont des apparences grises et mates intermédiaires. De là à penser que les pouvoirs émissifs lumineux sont différents, il n'y a qu'un pas, et, par suite on comprend que les filaments puissent, pour de mêmes intensités lumineuses, exiger des dépenses d'énergie très différentes.

D'autre part, *si l'on compare des charbons de même diamètre, mais de longueurs différentes, on obtient, pour des intensités lumineuses proportionnelles à ces longueurs, des séries de watts qui restent proportionnelles entre elles*, ainsi qu'il est résumé dans le Tableau ci-dessous :

Intensités lumineuses pour $l = 1$.	Watts des filaments			Intensités lumineuses pour $l = 1,5$.	Watts des filaments			Rapports des watts correspondants		
	α.	β.	γ.		α.	β.	γ.	α.	β.	γ.
317	263	280	307	477	395	420	460	1,5	1,49	1,51
87	151	160	176	131	227	240	265	1,49	1,50	1,49

Enfin, *si l'on compare des charbons de même longueur, mais de diamètres différents, pour des intensités lumineuses proportionnelles aux diamètres, les watts correspondants restent dans le même rapport* :

Intensité lumineuse du charbon $d = 39$	Watts des filaments			Intensité lumineuse du charbon $d = 19,5$.	Watts des filaments			Rapports des watts correspondants		
	α.	β.	γ.		α.	β.	γ.	α.	β.	γ.
317	263	280	307	158	132	140	153	2,01	2,00	1,98
187	207	220	241	93	103	110	121	1,98	2,00	2,01
87	151	160	176	43	76	80	88	2,01	2,00	2,00

Graphiquement, en prenant pour abscisses les watts et pour ordonnées les intensités, ces résultats importants peuvent ainsi se résumer :

1° Les courbes d'intensité moyenne sphérique sont des paraboles.

2° A ces filaments de même diamètre et de même longueur de filament correspond un faisceau de paraboles, et ces paraboles sont telles qu'à des mêmes ordonnées correspondent des abscisses proportionnelles.

3° Pour un même diamètre et des longueurs proportionnelles, on trouve deux faisceaux de paraboles, correspondantes deux à deux et homothétiques entre elles par rapport à l'origine. Le rapport d'homothétie est celui des longueurs ou des surfaces actives.

4° Pour une même longueur et des diamètres différents, on trouve encore deux faisceaux de paraboles correspondantes deux à deux et homothétiques entre elles par rapport à l'origine. Mais alors le rapport d'homothétie est celui des diamètres ou des surfaces actives.

L'énergie dépensée dans les lampes reste donc constamment proportionnelle à deux facteurs : d'une part la surface d'émission, d'autre part le pouvoir émissif lumineux spécial de la surface.

Cette conséquence en entraîne immédiatement une autre : c'est que *les filaments correspondants, c'est-à-dire à même pouvoir émissif lumineux, quand ils demandent la même quantité de watts par candle, sont à la même température.*

C'est un fait capital pour l'étude des lampes à incandescence et qui mérite quelques explications supplémentaires.

Les filaments des lampes à incandescence ne sont en réalité que des corps chauds, maintenus à une température constante par le courant électrique dans une enveloppe elle-même à température pratiquement constante.

Or, dans ce cas, d'après les idées de Dulong, les pertes d'énergie essentiellement de nature calorifique sont de trois sortes :

1° La perte par convexion ou, si l'on veut, par radiation, qui est indépendante de la forme même du corps et ne dépend que de la surface même d'émission, d'un coefficient spécial de pouvoir émissif calorifique et lumineux et de la température même du filament au-dessus de celle de l'enveloppe.

2° La perte par conduction de contact par les gaz, perte qui, elle, est essentiellement dépendante de la forme même du corps.

3° La perte par conduction proprement dite par les supports et le verre, perte qui est négligeable en pratique et qu'on peut évidemment rendre aussi faible qu'on le veut.

Ces deux dernières pertes, d'après nos expériences, doivent être considérées comme négligeables devant la première. Il en résulte nécessairement que, comme les pouvoirs émissifs lumineux de deux filaments identiques sont eux-mêmes identiques à même température, et comme la température de l'ampoule doit être pratiquement considérée comme constante, à égalité de surface de charbon et à égalité de nombre de watts par candle, les températures des deux filaments doivent être identiques.

De remarquables expériences de M. Charles Rivière, faites vers les mêmes époques sont venues confirmer notre manière de voir.

Ces expériences, entreprises dans le but d'apprécier le pouvoir refroidissant des gaz à des pressions variant de 4ᵐᵐ et 5ᵗᵐ aux pressions les plus faibles du vide Crookes, et à des températures de 0° à plus de 1000°, ont été publiées en décembre dernier dans les *Annales de Chimie et de Physique*.

M. Charles Rivière est arrivé à mettre en évidence, en chiffres précis, les diverses pertes d'énergie que nous avons considérées, Quoique les expériences n'aient porté que sur le platine, elles ont constaté nettement d'abord que les pertes par conduction de contact gazeux au vide des lampes à incandescence étaient absolument négligeables devant la perte par convexion ou par radiation, et ensuite que les pertes par convexion étaient assez exactement proportionnelles aux surfaces d'émission, toujours au même degré de vide.

Ces expériences confirment donc très heureusement les nôtres et nous autorisent à penser que les résultats constatés par nous s'appliquent d'une façon générale à toutes les lampes à incandescence. En résumé :

L'allure d'une lampe est caractérisée par sa température.

Des conséquences nombreuses en dérivent immédiatement :

1° Soient deux charbons identiques de matière et de même qualité de surface, l'un de diamètre 1 et l'autre de diamètre d. S'ils sont à la même longueur, supposons-les à la même allure de marche, c'est-à-dire à même dépense de watts par candle : ils sont alors à la même température.

Soient r, e, i les résistances volts et ampères de la lampe 1 ; $R = \dfrac{r}{d^2}$, E, I les valeurs correspondantes du charbon d.

On aura

$$\frac{r}{d^2} I^2 = d\,(ri^2)\,;$$

or

$$\frac{r}{d^2} I = E \quad \text{et} \quad ri = E\,;$$

donc

$$\frac{E}{e} = \frac{1}{\sqrt{d}}\,;$$

c'est-à-dire qu'à même allure, pour les mêmes charbons, les volts de deux lampes à filament de même longueur sont en raison inverse des racines carrées des diamètres.

On en tire aussi

$$\frac{I}{i} = d^{\,\cdot}\,,$$

c'est-à-dire qu'à même allure pour des charbons identiques de mêmes longueurs, les intensités en ampères sont proportionnelles aux puissances 1,5 des diamètres.

2° Soient maintenant deux charbons de surface identique, de mêmes longueur et diamètre, mais dont l'un a une résistance électrique p fois plus grande que l'autre : à même allure ils seront à la même température.

Soient r, e, i les résistances volts et ampères de l'un, rp, E, I. les valeurs analogues de l'autre ; on aura

$$ri^2 = rp\,I^2 \quad \text{ou} \quad \frac{I}{i} = \frac{1}{\sqrt{p}}$$

et, par suite,

$$\frac{e}{E} = \frac{1}{\sqrt{p}}\,,$$

c'est-à-dire que dans ce cas les intensités sont en raison inverse des racines carrées des résistances, et les volts sont en raison directe de cette même racine carrée.

3° Enfin, si deux charbons ont des surfaces dont les pouvoirs émissifs aux mêmes températures restent dans le rapport m, mais sont constitués par des charbons dont le rapport des résistances électriques est p, à même allure on aura

$$ri^2 = mrpI^2, \quad \text{d'où} \quad \frac{i}{I} = \sqrt{mp}$$

et, comme $ei = mEI$,

$$\frac{e}{E} = \sqrt{\frac{p}{m}}.$$

Ces trois séries de relations marquent l'influence des deux termes qui caractérisent un filament, sa résistance électrique et ses facultés en pouvoir émissif lumineux ; elles indiquent les résultats possibles à obtenir avec les filaments, qu'on pourrait appeler compound, puisque le mot est à la mode, obtenus en recouvrant un filament de qualités physiques appropriées, d'une gaine supplémentaire mince d'un corps spécial à facultés émissives lumineuses supérieures.

Toutes ces relations se sont vérifiées sur les divers charbons que nous avons pu avoir entre les mains, aussi bien les charbons Gérard, qu'un certain nombre de types de lampes Edison (ancienne fabrication), et les lampes Swan (ancien et nouveau modèle) et quelques lampes Woodhouse.

Nous avons même pu pousser nos vérifications pratiques jusqu'au cas des lampes à incandescence à air libre du type Reynier et Werdermann.

Les vérifications ont ainsi porté de moins de 0^{amp}, 25 à plus de 5o ampères.

En ramenant alors les divers charbons au type de $\frac{39}{100}$ et de 140^{mm}, nous avons résumé nos résultats dans le Tableau I.

On y remarquera, entre autres choses, les différences très accentuées entre les volts des divers filaments en raison des résistances électriques relatives : 7,4 pour les lampes Edison ; 3,2 pour les lampes Swann ancien type ; 2,7 pour les lampes Swann nouveau type (Vienne 1883) 2,4 pour les lampes Gérard ; 1,4 pour les lampes Cruto.

On y remarquera aussi les qualités en pouvoir émissif lumineux, très différentes pour les divers types de lampes, et notamment la concordance pour ainsi dire absolue du pouvoir émissif des nouvelles lampes Swann avec celui des charbons Cruto.

On voudra bien noter que les chiffres relatifs aux lampes Edison sont basés sur les sections effectives, non sur les surfaces actives.

TABLEAU I. — 1° *Des intensités lumineuses sphériques de divers filaments* *(de $\frac{39}{100}$ et* 140^{mm}*); 2° des volts correspondants ; 3° des durées pour les* *filaments Edison et Cruto, calculés à $\frac{39}{100}$ d'après le diamètre $\frac{20,5}{100}$.*

Pour les ordonnés : 1 division = 1 candle : 1 division = $\frac{1}{10}$ volt; 1 division = 1 heure.

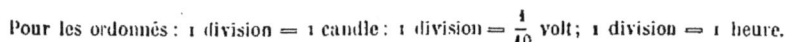

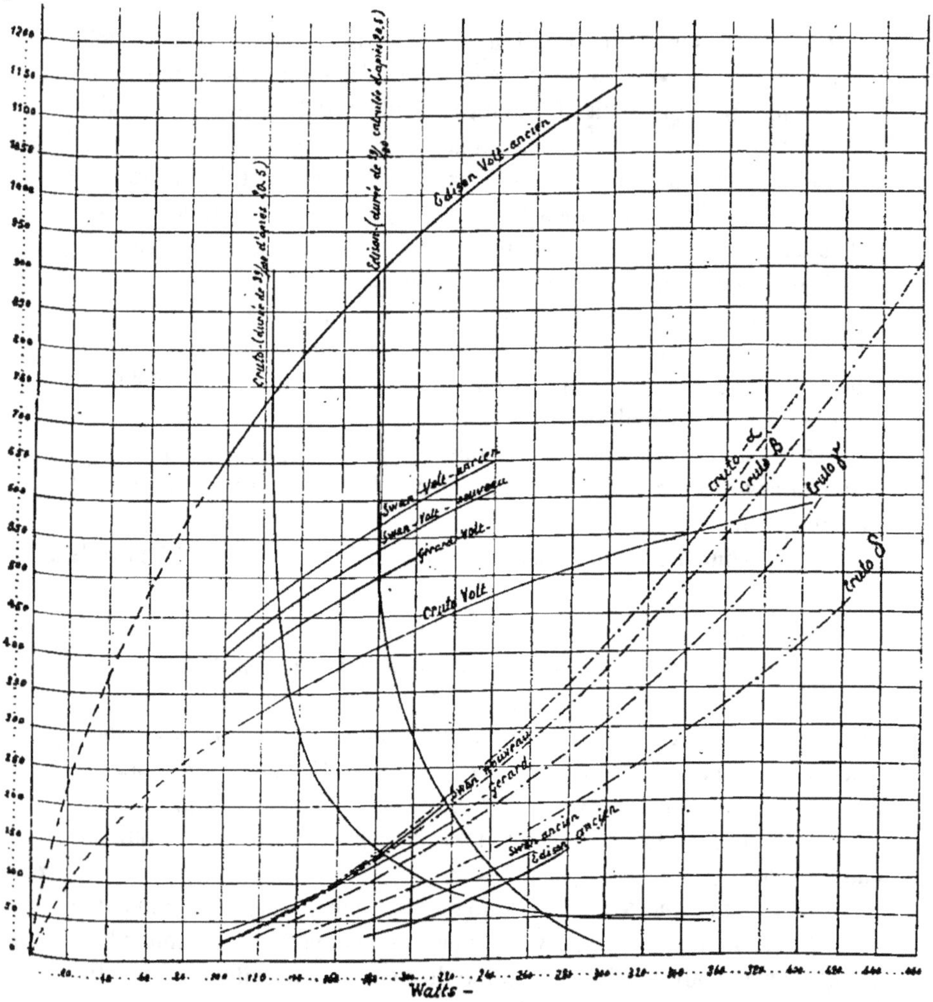

Il aurait certainement été à désirer que nous eussions pu arriver à résumer aussi dans une seule courbe pour chaque type de filament ses propriétés de durée.

Quoique nous pensions être arrivé à une loi simple pour la lampe Cruto, devant conduire à un même résultat pour les autres lampes, nous ne nous sommes pas cru autorisé à traduire cette loi d'une manière générale, pour le moment du moins.

L'étude de la loi de durée des filaments a présenté en effet plus de difficultés : les vérifications n'ont pu porter sur un ensemble de résultats précis aussi nombreux que les précédents.

Nous avons dû resserrer nos expériences sur la lampe Cruto seule, et n'avons pu faire porter des vérifications pratiquement admissibles que sur les divers types de lampes Edison ancienne fabrication.

Une étude préliminaire de la lampe Cruto nous a d'abord fait reconnaître la forme générale de la courbe des durées pour un filament donné.

C'est une sorte d'hyperbole à deux branches presque droites, l'une asymptote à une parallèle à l'axe des y. l'autre à l'axe des x lui-même et réunies par une courbe à faible rayon de courbure.

Pour éviter des dépenses trop grandes et surtout des pertes de temps considérables, c'est dans la partie convexe de cette courbe que nous avons surtout fait porter l'effort de nos expériences.

Les chiffres de longue durée ont été surtout tirés de l'exploitation même de la lampe.

Nous avons fait marcher simplement les lampes à des allures analogues autant que possible même identiques.

D'abord les durées des lampes à même allure nous ont paru très nettement indépendantes de la longueur des filaments.

Ensuite la durée à même allure est aussi très nettement proportionnelle au diamètre du filament.

Les résultats d'une série d'essais sont, par exemple, résumés dans le Tableau II.

Comme les allures choisies étaient plus ou moins quelconques, il y a lieu de penser que cette loi s'applique à toutes allures.

Quelques considérations accessoires autorisent cette manière de voir.

Deux charbons identiques, de même longueur et de diamètres 1 et d, à la même allure, ont en effet des volumes proportionnels aux carrés des diamètres, tandis qu'ils n'absorbent que des quantités d'énergie simplement proportionnelles à ces mêmes diamètres.

Or les résistances vives mécaniques des charbons à l'action désorganisante du courant sont probablement proportionnelles aux volumes. D'autre part, les charbons ne se brisent probablement que quand la même fraction de cette résistance vive est elle-même absorbée.

Dans ces conditions, il faudra au courant un temps d fois plus considérable pour briser le filament d que le filament 1.

TABLEAU II. — *Durées de filaments Cruto de différents diamètres, à même allure.*

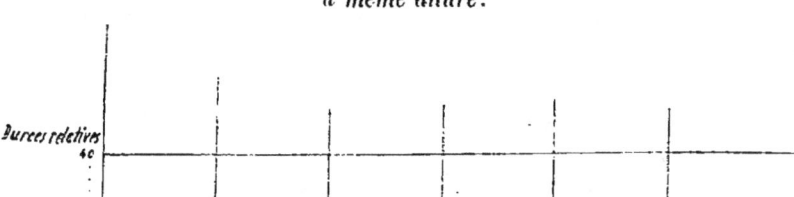

Cette explication, malgré son caractère hypothétique, permet de penser que la loi du charbon Cruto peut s'appliquer aux autres charbons.

En suivant cette pensée, nous avons pu la vérifier avec assez de précision sur divers types de filament Edison pour admettre qu'il y a là une série de recherches utiles à entreprendre. Pour les autres lampes, des chiffres sérieux nous ont absolument fait défaut.

Cette explication nous a même amené à penser que la durée d'une lampe à une allure donnée dépend de la somme totale d'énergie absorbée, mais non du mode même de transmission de cette énergie.

Évidemment nos expériences ne nous autorisent pas à affirmer un pareil fait.

Cependant ces expériences ne l'infirment en aucune façon. Des lampes identiques, actionnées par des accumulateurs, ou par des courants continus très réguliers, ou par des courants continus très irréguliers, ont aux mêmes allures accusé les mêmes durées.

L'expérience des Magasins du Printemps n'infirme pas non plus ce fait pour les lampes Edison. Comme on sait, on marche là à courants alternatifs. Faute de voltmètre commode, en déduisant de l'ampère moyen rectifié accusé par l'électrodynamomètre le volt des lampes, nous avons pu constater qu'à des allures de marche relativement forcées, les limites très étroites de durée indiquées par les carnets journaliers ne dépassaient en aucune façon les limites de durée qu'on aurait obtenues par courant continu, d'après les expériences de la Société Edison.

La désorganisation lente du charbon par le courant est d'ailleurs un fait bien connu des praticiens et qu'en tous cas nos expériences ont mis nettement en évidence.

Les lampes marchant à allure constante A, c'est-à-dire à intensité lumineuse fixe, on les remettait de temps en temps au banc d'épreuve pour étudier les courbes lumineuses.

A chaque nouvel essai les courbes lumineuses s'abaissaient pour des allures au-dessous de A, pour toujours atteindre cette même allure A aux mêmes watts.

L'énergie à cette allure A ne changeait pas ; mais les volts baissaient et les ampères augmentaient ; la proportion a pu s'élever même à 10 pour 100.

C'est un défaut qui est loin d'être spécial aux lampes Cruto. Il est facile à constater aussi bien sur les lampes Gérard que sur les lampes Edison et les autres.

De là même, dans une installation forcément à volt sensiblement constant, la nécessité des modérateurs comme ceux du type Roussy. Sans cela, les lampes se trouvent de plus en plus poussées, à mesure qu'elles arrivent vers la fin de leur existence.

De ce fait résulte aussi une cause d'erreur très sensible pour la vérification des diverses lois que nous avons énoncées plus haut, relatives aux volts, ampères, résistances et pouvoirs émissifs lumineux. Il faut, autant que possible, comparer des charbons ayant marché dans des conditions analogues.

Quoi qu'il en soit, nous avons, pour comparaison, tracé sur le Tableau I les durées d'une lampe ordinaire Edison B de section équivalente à celle de $\frac{20.5}{100}$ de diamètre et celle de la lampe Cruto de même diamètre ramenées proportionnellement à $\frac{39}{100}$ de diamètre.

Leur comparaison montre la remarquable tenue du filament Cruto aux fortes allures.

Pour nos calculs, nous avons pu mettre les résultats de durée des lampes Cruto sous forme algébrique.

En appelant x le nombre de watts d'un charbon unité comme longueur et diamètre $\left(\frac{39}{100}\right.$ et $\left.140\right)$, le nombre de watts à la même allure d'un même charbon de dimensions l et d sera ldx, et la durée sera représentée par la formule

$$\frac{1000}{T_{dl}} = \frac{a_1 x + c_1}{d}.$$

Nous sommes maintenant en possession de tous les éléments de la solution algébrique du problème que nous nous sommes proposé au commencement de cette étude, la détermination des meilleurs éléments du filament, ainsi que son allure en volts et ampères pour obtenir les meilleures conditions pratiques.

Ce problème peut se présenter de différentes façons. Ainsi les questions de capital à dépenser ou de force motrice à placer peuvent être de première importance, et l'on peut rechercher dans des conditions de capital minimum ou de force motrice minima les meilleures déterminations de filament et les allures les plus économiques.

Dans le cas, par exemple, d'une distribution d'électricité par usine centrale, il y aurait lieu de déterminer les meilleures conditions pour obtenir un pourcentage de bénéfices maximum.

La solution de tous ces problèmes dérive plus ou moins simplement du seul problème que nous posons, celui de la détermination des éléments du filament et de ceux de son allure pour obtenir un minimum de prix de revient sans condition de capital ou de force motrice maxima. Soit

P le prix de vente d'une lampe (6^{fr}) ;

k_1 le capital moteur par cheval électrique disponible ou circuit extérieur (1000^{fr} pour une utilisation de 80 pour 100).

k_2 le capital générateur d'électricité pour même énergie disponible (400^{fr});

n le prix de la dépense horaire en force motrice pour la même énergie en circuit extérieur, non compris l'intérêt et l'amortissement ;

p le prix du kilogramme de cuivre sur conducteur isolé (5 à 6^{fr}) ;

μ les frais de pose par lampe (4 à 6^{fr}) ;

ρ les accessoires d'appareillage par lampe (6 à 10^{fr}) ;

N le nombre d'heures d'éclairage annuel ;

L la distance moyenne des lampes en mètres au générateur multiplié par 2, en supposant que les dérivations à chaque lampe partent des bornes mêmes de la machine ;

$\frac{1}{m}$ la perte de volt en circuit proprement dit.

Partons du charbon unité $\frac{39}{100}$ et 140^{mm}.

Soient x les watts de ce charbon correspondant à l'allure cherchée. Si l et d sont la longueur et le diamètre à déterminer, le charbon le plus économique absorbera ldx watts. et, si G_{39} est l'éclairement moyen sphérique du charbon unité à cette allure, l'éclairement du charbon ld sera $G_{39}ld$, ou, si $G_{39} = ax_2 + bx + c$,

$$G = ld \, (ax^2 + bx + c).$$

·La durée du charbon, comme nous l'avons vu ci-dessus, sera représentée par

$$\frac{1000}{T_{dl}} = \frac{a_1 x + c_1}{d}.$$

Si. enfin V est le volt de la lampe unité à cette allure, le volt correspondant de la lampe ld sera

$$V l \frac{1}{d^{0.5}}.$$

Dans le cas général, pour une lampe d'intensité G déterminée, le prix de revient par candle sera, avec ces notations.

$$\left(1 + \frac{1}{m} \right) \frac{l \, dx}{750} \pi + \frac{P}{1000} \frac{a_1 x + c_1}{d} + \frac{15}{100 N}(\mu + \rho)$$
$$+ \frac{15}{100 N} \left[\frac{l \, dx}{750}(k_1 + k_2)\left(1 + \frac{1}{m} \right) + 7 \times 6 \frac{L_2}{(1000)_2} \, 21 \times m \frac{x d^3(ax^2 + bx + c)}{GV^2} \right].$$

en admettant pour l'intérêt et l'amortissement du matériel le chiffre assez élevé et uniforme de 15 pour 100.

Éliminons l,

$$l = \frac{G}{d(ax^2 + bx + c)}$$

l'expression devient

$$\left(1 + \frac{1}{m} \right) \frac{xb}{ax^2 + bx + c} \frac{\pi}{750} + \frac{P}{1000} \frac{a_1 x + c_1}{d}$$
$$+ \frac{15}{100 N}(\mu + \rho) + \frac{15}{100 N} \frac{xG}{ax^2 + bx + c} \frac{k_1 + k_2}{750} \left(1 + \frac{1}{m} \right)$$
$$+ \frac{15}{100 N} \times 7 \times 6 \times \frac{L^2}{(1000)^2} \times 21 \times m \frac{x a(x^2 + bx + c)}{V^2} \frac{d^3}{G}.$$

C'est une fonction explicite de trois variables indépendantes m, x, d qu'il s'agit de rendre minimum.

Le minimum par rapport à m s'obtient de suite : c'est

$$m = \frac{V}{a\,x^2 + b\,x + c}\; \frac{G}{\left(\dfrac{L}{100}\right)}\; \sqrt{\frac{\dfrac{\Pi}{750} + \dfrac{15}{100\,N}\dfrac{k_1 + k_2}{750}}{\dfrac{15}{100\,N} \times 7 \times 6 \times 21 \times d^2}}$$

Pour cette valeur de m, l'expression devient

$$\frac{P}{1000}\frac{(a_1\,x + c_1)}{d} + \frac{15}{100\,N}\,(\mu + \rho)$$

$$+ \frac{x}{V}\,d^{1.5}\left(2\,\frac{L}{1000}\sqrt{\frac{15}{100\,N} \times 7 \times 6 \times 21}\;\sqrt{\frac{\Pi}{750} + \frac{15}{100\,N}\frac{k_1 + k_2}{750}}\right)$$

$$+ \frac{x}{a\,x^2 + b\,x + c}\,G\left(\frac{\Pi}{750} + \frac{15}{100\,N}\frac{k_1 + k_2}{750}\right).$$

Or $\dfrac{x}{V}$ peut se mettre sous la forme simple

$$\frac{x}{V} = 2.27 \times 0.0114\,x$$

et de même $\dfrac{x}{a\,x^2 + b\,x + c}$ sous celle de

$$\frac{1}{0.00487\,x - 0.2035} ;$$

introduisant ces deux fonctions, simplifiant et dérivant par rapport à x et égalant à zéro pour minimum, on arrive à

$$0.00487\,x - 0.2035 = \sqrt{\frac{0.00487\,G\left(\dfrac{\Pi}{750} + \dfrac{15}{100\,N}\dfrac{k_1 + k_2}{750}\right)}{\dfrac{P}{1000}\dfrac{a_1}{d} + 0.0114\,d^{1.5}\,M}}$$

en appelant M le produit,

$$\frac{2\,L}{1000}\sqrt{\frac{15}{100\,N} \times 7 \times 6 \times 21}\;\sqrt{\frac{\Pi}{750} + \frac{15}{100\,N}\frac{k_1 + k_2}{750}}.$$

Le minimum par rapport à d s'obtient de la même façon et conduit à

$$x\left(-\frac{P}{1000}a_1\,d^{-2} + 1.5\,d^{0.5} \times 0.0114 \times M\right) = \frac{P}{1000}c_1\,d^{-2} - 1.5\,d^{1.5}M \times 2.27.$$

Les minima, qui sont effectifs, sont donnés ainsi par l'intersection de deux courbes assez faciles à établir dans les divers cas qui peuvent se présenter.

L'une de ces courbes est même indépendante de l'importance G de la lampe; mais la discussion complète de cette équation nous entraînerait trop loin.

Nous résumons purement et simplement les résultats pour les cas pratiques les plus fréquents, ceux qui correspondent à L = 400 et N = 1200.

Dans ces conditions, la lampe Cruto se prête très bien à l'emploi des gros foyers à incandescence de 40 carcels et même 45 carcels.

Les deux courbes ci-dessus se coupent en effet dans ces cas en deux points, dont l'un surtout donne une solution très économique.

Soit, par exemple.

$$G = 400, \quad \pi = 0,10, \quad P = 6,$$

on obtient

$$d = 1,15, \quad l = 1.12, \quad m = 13, \quad x = 252:$$

l'allure est celle de 1^{watt}, 23 par candle. Le volt total de la lampe est 92.

Le prix de revient s'établit ainsi :

	fr.
Pour la force motrice...	0.0720
Pour la lampe...	0,0480
Pour le matériel, à 15 pour 100...	0,1260
Pour les conducteurs et l'appareillage...	0,0147
Total...	0,2605

Soit 0^{fr},0065 par carcel-heure.

	fr
Le capital moteur est...	760
Le capital électrique...	410
Total...	1170

Ce sont des chiffres très remarquables et absolument supérieurs à ceux des lampes à arc courantes, aussi bien au point de vue de la dépense du premier établissement qu'à celui du prix de revient, et cela sans compter les avantages d'un service facile, à distribution complète.

Une lampe à arc courante exige, en effet, un cheval de force sur l'arbre pour 400 candles.

Le prix de revient serait, par suite, augmenté d'au moins $0^{fr},07$ à $0^{fr},08$, soit 25 pour 100, dont $0^{fr},04$ pour la dépense de charbon dans l'arc.

Le capital de premier établissement serait au moins de 300^{fr} plus élevé pour le matériel électrique.

Les grands espaces, jusqu'ici l'apanage de l'éclairage à l'arc, paraissent donc, une fois de plus, devoir être réservés, dans un avenir très rapproché, aux seuls foyers à incandescence.

Pour les petits foyers Cruto, la distance a une assez grande influence : le filament manque un peu de résistance.

La lampe Cruto est évidemment une solution de l'éclairage électrique domestique portatif dans ce cas L = 0 ; mais, étant donné le prix élevé des piles actuelles, ou l'embarras qu'occasionnent les accumulateurs, nous n'insistons pas sur ce point.

Pour peu que L = 400, ce qui est un cas courant, la perte dans le circuit est trop élevée, le capital moteur et générateur est renforcé d'autant et l'intérêt et l'amortissement viennent peser lourdement sur le prix de revient.

Les deux courbes de minimum, il est vrai, pour les valeurs de G = 8,16 ou 50 candles ne se rencontrent pas. Il ne paraît donc pas y avoir de minimum ; mais en réalité, pratiquement, il est difficile de dépasser les allures de 2^{watts}, 5 à 3 watts par candle, sans rien sacrifier d'important sur le prix de revient.

Voici d'ailleurs la liste détaillée des lampes construites par l'usine principale de Posiasco :

Numéros.	Candles.	Volts.	Ampères.	Watts par candle.
1...................	4	5	2,80	3,5
2...................	8	10	2,80	3,5
3...................	12	50	0,85	3,5
4...................	16	50	1,05	3,15
5...................	50	50	2,25	2,25
6...................	100	100	2,25	2,25

En fait, dans les environs de ces allures, le prix de revient varie très peu et, suivant les cas, on a intérêt à pousser plus ou moins les filaments et à les construire en conséquence, soit pour réduire le capital engagé, soit pour réduire la force motrice, etc.

Ainsi, par exemple, pour le cas de G = 16 candles et π = 0,10, P = 6, le calcul nous a donné les quatre séries de chiffres suivantes :

	q.	r.	Watts par candle.	l.	Volts de la lampe	m.
Premier cas......	0,7	146	2	0,32	14,30	1,98
Deuxième cas....	0,7	73	5	1,76	52,5	7,70
Troisième cas....	0,3	122	2,9	1,37	77,2	11,10
Quatrième cas....	0,3	65	5,8	5,33	255	34,50

Les prix de revient correspondants sont :

Dépense.	Premier cas.	Deuxième cas.	Troisième cas.	Quatrième cas.
Force motrice.......	0,0066	0,0113	0,0073	0,0130
Lampes	0,0193	0,0030	0,0110	0,0030
Appareillage	0,0015	0,0015	0,0015	0,0015
Matériel.............	0,0115	0,0241	0,0128	0,0230
Conducteurs.........	0,0060	0,0043	0,0024	0,0002
Totaux.......	0,0449	0,0442	0,0350	0,0407

On est ainsi, en quelque sorte, à l'aise pour satisfaire à des *desiderata* divers.

Quand la lampe Cruto parut, la possibilité de fournir industriellement des lampes à faible intensité lumineuse et de volt admissible, marchant à des allures comprises entre 2^{watts},5 et 3 watts par candle, constituait, sur les allures de 4^{watts}, 6 par candle des lampes Edison, un progrès de 35 à 45 pour 100, puisque

$$\frac{4,6 - 3}{4,6} = 0,35,$$

mais ce progrès est certainement dépassé actuellement ; la Société Edison, d'une part, a présenté à la dernière exposition de l'observatoire une série de lampes à haut volt (100) n'exigeant que 2^{watts},5 par candle à bonne allure industrielle d'environ mille heures.

D'autre part, les lampes Woodhouse et Rawson donnent des résultats analogues.

Ces résultats n'ont rien qui nous étonne.

Les quelques lois que nous avons exposées plus haut nous ont en effet permis de voir qu'avec les filaments compound il est facile d'obtenir ces résultats.

Que sur un filament Edison, on place une gaine de charbon Cruto, soit par exemple le filament A de 100 volts (16 bougies) ; si l'on adopte l'allure de 2^{wms},5 par candle, on retombe exactement sur les volts et ampères, et 20 candles indiqués par la Société Edison, et l'on peut voir aussi que le filament n'est pas à une température plus élevée que dans le cas où il donnait 10 bougies sans gaine Cruto.

D'ailleurs les résultats donnés par les lampes Swann (modèle Vienne, 1883) et qui sont obtenus par un procédé analogue se déduisent exactement aussi des résultats constatés sur les anciens filaments Swann.

Des calculs analogues se vérifient aussi sur les lampes Woodhouse.

Des recherches importantes se continuent de divers côtés dans cette voie probablement féconde.

La méthode consiste simplement dans le fait de l'utilisation de filaments convenables, mais à pouvoir émissif lumineux insuffisant, comme récepteurs calorifiques, comme calorifères, en un mot. Ces filaments, recouverts d'une couche légère d'un corps à pouvoir émissif supérieur, acquièrent de suite des propriétés bien plus économiques. Cette méthode n'a certainement pas dit son dernier mot.

Il y a lieu, de plus, de penser que ce n'est pas la seule que les chercheurs seront à même de trouver, ni la plus efficace.

Nous nous permettons d'en inférer de grandes espérances pour les progrès futurs des lampes elles-mêmes, et par suite pour l'avenir de l'éclairage électrique à incandescence »

(Voir note supplémentaire page suivante).

NOTE SUPPLÉMENTAIRE DE L'AUTEUR

Essais de M. Félix Lucas.

Depuis notre conférence, M. Félix Lucas, ingénieur en chef des ponts et chaussées et directeur du service des phares, a publié les résultats d'une série d'expériences intéressantes sur l'incandescence des gros charbons Carré (16ᵐᵐ de diamètre).

Comme dans ces essais l'incandescence de ces charbons a été poussée fort loin, beaucoup plus loin que celle de nos expériences, nous avons pensé que les résultats de ces expériences étaient de nature non seulement à vérifier nos expériences personnelles, mais encore à donner des indications pratiques sur l'allure d'extrapolation des courbes de nos tableaux.

En conséquence, sans vouloir discuter d'aucune sorte, les formules empiriques, dans lesquelles M. F. Lucas a résumé ses expériences, nous avons simplement corrigé les chiffres électriques et physiques en nous basant sur les considérations développées dans notre conférence.

Nous avons pu ainsi constater que la courbe des watts de ces charbons Carré était comprise à partir de 150 watts et avec assez de précision entre celle des lampes Gérard et celle des lampes Swan-nouveau, courbes très rapprochées.

La courbe de l'intensité lumineuse suit de son côté avec précision la courbe lumineuse Edison à partir de 150 watts; elle arrive à 390 candles pour 450 watts, en suivant la forme parabolique, puis suit une longue ligne droite d'inflexion dans la zone 1500 candles pour 750 watts, à partir de là elle s'infléchit en sens inverse et atteint, ce qui est à noter, un maximum aux environs de 2800 candles pour 1300 watts, puis paraît tomber assez rapidement.

(Nous prions le lecteur de vouloir bien se reporter à notre tableau des courbes, pour suivre cette allure fort remarquable).

Nous n'en tirerons qu'une conclusion c'est que, en raison de la concordance de nos résultats avec ceux de M. F. Lucas dans les mêmes zones d'incandescence, l'existence de ce maximum pour nos courbes présente un caractère de probabilité assez grand.

Il y a lieu, pour le lecteur, de tenir compte de ce fait pour rectifier ce que certaines de nos affirmations auraient pu avoir de trop catégorique.

www.ingramcontent.com/pod-product-compliance
Lightning Source LLC
Chambersburg PA
CBHW061628180626
46818CB00005B/2277